28 Paradis

Dominique Zehrfuss
et Patrick Modiano

28 Paradis

Éditions de l'Olivier

J’étais dans une petite ville
Près d’une frontière lointaine vers l’est ou même beaucoup plus loin
À la lisière de ces pays aux noms de neige et de lune
J’occupais une chambre à l’Auberge de l’Ours d’Or
Le soir je faisais une promenade
Le long de l’avenue déserte jusqu’à la gare
Devant laquelle attendait un fiacre attelé d’un cheval blanc
Mais sans cocher
Il n’y avait personne sur la place
La gare était éteinte
Dans le silence je demandais
Si le train express s’arrêterait à vingt et une heures
Comme chaque soir

Et je rêvais aux paradis
Je fermais les yeux et je voyais passer
Le char tiré par les cygnes

Je retrouvais
L'éléphant et l'escargot
Le cerbère et le centaure

L'ibis et l'alligator
Les colibris
Sous le ciel couleur turquoise

Et les roses poussaient sans épines

Dans cette petite ville d'une frontière lointaine
J'étais arrivé au bout de moi-même

J’avais vécu ma vie
Je ne me souciais plus du passé
Et encore moins de l’avenir

Jadis
J'étais un très mauvais élève
Un enfant têtu et sournois
Qui rêvait d'un paradis

La grande allée de palmiers
Menait au vestiaire des anges

Je me demandais
Ce que pouvaient bien brouter les bêtes
Les fraisiers sauvages ou la bruyère cendrée

Et je comptais le long de l'allée
Douze tiges de muguet
Douze étoiles d'or

Rendez-vous au bord du lac
Au lever du soleil
Tu retrouveras ceux que tu as perdus

Dans le café aux tables voisines de la mienne
Des clients jouaient aux cartes et aux échecs
Moi je ne jouais à rien
Si j'avais su combien dans l'avenir lointain
Les journées et les nuits seraient longues
J'aurais appris les jeux de société

Pour passer le temps
Je rêvais aux paradis

Une voix me murmurait à l'oreille
Regarde là-bas
Le château et la cascade
Si tu traverses la prairie
Tu entendras
Les musiques silencieuses

Et tu comprendras que les sirènes
Sont encore plus belles
Quand elles se taisent

Tout au bord de la ville derrière les casernes
Dans une rue en pente qui sentait le troène
Le magasin d'antiquités de monsieur Georges Karagoslou
N'était ouvert que le mardi et le jeudi
Entre trois et cinq heures de l'après-midi
J'y allais souvent
Je crois que ce monsieur Karagoslou n'avait pas beaucoup d'autres clients

Au fond de sa boutique j'avais découvert
Vingt-huit tableaux minuscules
Aux cieux et aux prairies de couleurs tendres
Où des animaux couraient en liberté

Je les regardais les uns après les autres
Si fort que j'entrais dans chaque tableau

Sans savoir si je retournerais une fois encore
Dans ce qu'il faut bien appeler
La vie réelle
Mais qui ne l'a jamais été pour moi

Ce sont vingt-huit images du paradis m'avait dit l'antiquaire
Qui ont été vendues par un voyageur
Il passait un jour dans notre ville
Avant de franchir la frontière
Elles ont été peintes il y a longtemps
Par une femme qui signait « La Lilliputienne »

Je ne disais rien
Mais il me racontait ma propre histoire

La Lilliputienne
Je l'avais bien connue
Pour un peu j'aurais pleuré
D'un ton détaché
Je lui ai dit
Je vous achète vos tableaux

À la sortie du magasin
En descendant la rue des troènes
Je pensais que les souvenirs ne sont pas à vendre
Mes paradis sous le bras
Je les ai accrochés aux murs de ma chambre de l'Ours d'Or

Nous arrivions au creux de l'automne
Quand les jours raccourcissent
Mais il suffisait de regarder les vingt-huit paradis
Pour que la lumière des étés anciens
Entre dans la chambre
Par la fente des persiennes

Dans un autre temps
Une autre vie
J'étais à Paris
Impasse du Doyenné

Le soir dans l'atelier
Nous donnions des bals et des soupers
Et nous invitions les cydalises et les bousingots
On dansait jusqu'à l'aube
On se balançait
Dans le hamac de Sarah la Blonde

La grande fenêtre ouvrait sur le manège des écuries du roi
Et sur l'horloge qui marquait toujours la même heure
Celle de la jeunesse et des midis éternels
Pendant la journée
La Lilliputienne peignait ses paradis
Et moi
À côté d'elle
J'écrivais un poème.

ISBN 2.87929.484.3

Achevé d'imprimer sur les presses de Mame Imprimeurs à Tours
Dépôt légal novembre 2005 n° 484
Imprimé en France